詩集

吹毛井

Fukei

後藤光治

土曜美術社出版販売

詩集　吹毛井＊目次

I

吹毛井 8

帰郷 12

廃校 16

村の郵便局 20

グラマン 24

サイパン 28

椨の木 32

石切り場 36

II

つぐさん 40

月 44

拍子木 48

タマムシ 52

旅芝居の少女 56

遠景　60
訃報　64
岩　68

Ⅲ

カンナ　72
肖像画　76
見果てぬ夢　80
挨拶　84
花飾り　88
逃げ水　92
青春　96
邂逅　100

あとがき　104

詩集　吹毛井

I

吹毛井

この結界のような
村へ入るには
道に跨った
鳥居をくぐらなければならない
そこから　冥府へ向かうように
くねった道が　集落へと這っていく

道は　田向《たむか》えを皮切りに
寺町《てらまち》　坊園《ぼうそん》を過ぎ

西郷《にしごう》　東郷《ひがしごう》へと入る
東郷のはずれに　八丁坂という
石段の登り口がある
見上げると　急勾配の参道沿いに
天狗のような杉の巨木が　手を広げている
石段は　荒磯を望む見晴台《みはらしだい》を越えて
下りきった　海の岩屋に
朱塗りの神殿が鎮座する

鳥居の傍には
錆びたトタン屋根の土産店があって
奪衣婆《だつえば》に似た老女が
鳥の眼をして座っている
辺りで　蟬が

咽るように鳴いている
魑魅魍魎《ちみもうりょう》の跋扈する山は　海に迫り
潮風は　容赦なく戸板を叩く
それでも　星屑だけは
バッカスの振り撒いた金粉のように
粗末な家々の屋根に降り注ぐ

この　地の果ての
廃れた　アルカディアの如き村
原郷　―吹毛井《ふけい》―
悲しみの村

吾平《あびら》の峰《みね》には御陵があって

村の全景が見える
僕はネボ山に登ったのであろうか
カナンの村は
泣きたくなるような
青い空の下に蹲っている

帰郷

故郷《ふるさと》の
バス停へ降り立った
生家へと続く　海沿いの道を歩く
堤防に挟まれた漁港に着くと
三艘の漁船が停泊していた
子どもの頃は　犇めくように
港内を埋めていたものだった
そして　漁網の腐臭が漂い
底抜けに明るい漁師の

怒号が飛び交っていた

あまりに寂しい光景に
出会った男に話を聞くと
船に乗れる齢《とし》の男は
もう　三人しかいないのだと言う
後は年寄ばっかりだ
と言って笑う
還暦を過ぎたというこの男
ここでは　若手だと言って
またまた笑う

そう言えば　村では
一人の青年にも　子どもにも出会わない

かつて二百人もいた小学校は
廃校になったばかりだそうな

男は刈り払い機を担いでいる
今から　墓地の草刈りだという
ここでは何でもやらねばならない
消防団も　祭りの準備も　水源地の掃除も
とにかく若手は忙しい
と言って　再々笑う

蟬だけが
やたらうるさく鳴いている

廃校

徒競走の子どもたちが
トラックを駆ける足音がする
三三七の手拍子や
オクラホマミキサーの調べ
応援の　大歓声もする
全校朝礼での
校長先生の退屈な話
遠足で整列する賑やかな声
出発の合図のホイッスル

様々な気配が
この土の中から湧いてくるのだ

木造校舎は
廃墟のように建っている
木目の浮いた外壁
木枠に嵌った窓ガラス
中で何やら　人の蠢く気配がする
オルガンに合わせて歌ったり
算数の問題を解いたり
顕微鏡の取り合いをしたり
居眠りをして拳骨をもらったり

一人俯いて　廊下を通って行ったのは

あれは父ではなかったろうか

この校舎には
父も母も祖父母も
その親たちも通ってきた
村人の少年時代が過ぎ去った場所だ
ほら　見たまえ
彼らの溢れる思いが
今にも零れ出そうではないか

背後に
昔と同じ稜線で
青泥む山々が控えている

村の郵便局

村の郵便局は
冷たい雨の中に佇んでいた
外から見ると
室内はひっそりとしていて
人がいるとも思えなかった
外壁の所どころはペンキが剝げて
郵便マークも掠れていた

傘をさして

暫らく立って見つめていたが
人の出入りとて無く
僕にはこの郵便局が
生きているのか
死んでいるのか
一向に分からなかった

集配ポストが
仄暗い投函口を見せていた
その奥は果てない闇のようだった
闇の中に　蠢くものがあった
万歳三唱や　軍靴の気配のようだった
一瞬　還ることの無かった
この村の兵士のことを思った

耳の奥がジージーと鳴っていた
それが耳鳴りなのか
吹き過ぎる風の音なのか
判然としなかった

グラマン

―ほら　そこのな　屋根ん上
―そこに　グラマンが飛んできてね
―えらいな音で　横切ったとよ
時折母は　思い出したように
同じ話をするのだった
―眼鏡をかけた兵隊の顔まで見えてね
―そりゃー　怖ろしかった

戦争末期

アメリカの戦闘機は
こんな村まで押し寄せて
機銃掃射を浴びせたらしい
母の見たという　グラマンの機影が
陽光を浴びた屋根の上で
キラリと翻る

母はその後
七十八歳まで生きた
感情を露わにすることは無かったが
頻発する不条理な殺戮や
振り込め詐欺などに手を染める
若者の行状を見聞きすると
顔を曇らせていた

—あのグラマンのあんちゃん
—まだ生きとるんじゃろーかね
再び　この話をする時の
母の顔は　嬉しそうで
生き生きとしていた

吹毛井の村の
ささやかな　戦争の物語である

サイパン

みのる叔父貴《おじき》は
酔うと　しみじみと語った

―サイパンで　俺はもう駄目かと思ったよ
―戦局が悪化して　撤退命令が出てね
―闇に紛れて　密林に逃げた
―そん時　おふくろの声がしてね
―「みのる　そっちじゃねえが　こっちに来んか!」
―何度も何度もそう言って　手招きする

―それで俺は　そっちに逃げた
―そしたら　俺一人が生き残ってね……

そうして　うな垂れて
涙を浮かべるのだった

彼は幼い時に
母を亡くした
死の床の母親は　ことさらに
叔父のことを　気にかけていたらしい

戦後　復員すると
家業の左官を継いだ
実直で親分肌の気質《かたぎ》は誰からも慕われた

傘寿を過ぎても矍鑠としていて
若手の指導に当たっていた

先日　訃報が届いた
叔父は　ようやく
思慕する母のもとへ還った

椨の木

東郷《ひがしごう》の
谷川沿いの斜面に
大きな椨《たぶ》の木があった
夏の盛りには
甘い実を黒々と付けた

―あの椨の木にねえ
―男衆が何人も取り付いてね
―実をちぎって　弁当箱に溜めているんだよ

—隣の爺さんまでもね

母はいつもこう言って
眼を細めて
可笑しく　嬉しそうに話すのだった
戦時下の　食糧難の日々であった

僕は一本の椨の木に
大の大人が
何人も乗っている図を想像した
確かにそれは滑稽であった

と同時に　村人の
楽天的な逞しさを思った

それは　ミレーの宗教画のような
美しい一幅の絵であった

あの　母の
笑った顔を思い出す度に
僕は人生が愛おしくなる
—生きるというのもまんざらでは無い
そんな気がして

石切り場

田向《たむか》えの外れに
石切り場があった
山の中腹に重機が取りついて
山肌を削っていた
ブルドーザーのエンジンが唸ると
黒い煙がボッと上がった
麓では　ベルトコンベアーが
金切り声で　軋んでいた

あの頃　村は
貧しかった
夜になると　あちこちで
飲酒の果ての騒動が持ち上がった
それでも　誰も彼もが
顔を皺くちゃにして笑っていた

姉は集団就職で働きに出た
くる日もくる日も
紡績機を前にして
糸繰り作業に明け暮れた
寮に帰ると
恋バナに花が咲き
乙女の胸をときめかせていた

二人の姉はとうの昔に死んだ
今　石切り場を見上げると
L字形に削られた山肌には
草が蔓延り
錆びた機械が
打ち捨てられている

廃墟の如き風景よ
この近代化の煽りを受けた半世紀
一体何が通り過ぎたのだ

地鳴りの如く機械が唸っている
僕はこの場所が好きだった

II

つぐさん

池《いけん》の窪《くぼ》の山の中腹に
山桃の木があった
梅雨が明ける頃には　枝一杯に実をつけた
子どもたちはそれを待ち構えていて
宗嗣さんこと「つぐさん」を先頭に
山桃採りに出かけた
彼の指図で
年長の者は高い枝へ
小さい者は下の枝へ取り付き

木に登れないちびっ児は
下に落ちた実を拾った

風が吹き渡り
蟬しぐれが
耳鳴りのようだった

子どもたちは
枝から枝に移り
熟れた実を口に入れ
枝を折っては下に落とした
木を下りる頃には　どの子も
擦り傷をつくり
歯と服を紫色に染めていた

旅館の跡取り息子だった　つぐさんは
若くして病に斃れた
「俺は負けん！」
と最後まで
死の床で叫んでいたそうな
僕らを率いて　颯爽と山道を登っていく
あの精悍な顔と声が
このすっかり寂れてしまった
吹毛井《ふけい》の山肌に
張り付いている

月

月は
山の稜線を
辷るように憑いてきた
漁港から上っていく田舎道
我家への帰路

月は
しつこく追ってくる
僕は　急ぎ足になって
黄色く灯った玄関を目指す

裏木戸を開ける
囲炉裏に座った者が
一斉に振り返る

異星人のようなその眼差しに
一瞬　僕は戸惑う
—お帰り—
母の声に　ようやく我に返る
囲炉裏の回りで
夕餉が始まっている

板間に上がると
父の座っている　その向こう
座敷の奥に

黄色い光の筋が伸びている
戸の隙間から
またしても
月が覗いている

＊

満月が中天にかかっている
艶やかな光の下で
十五夜の恒例行事
大綱引きが始まった

村を二分しての綱引きだ
轟くような喊声が上がる
村人が必死な形相で綱を引く

十字架を担いだかの使徒を
ゴルゴタの丘へ引く罪人のように
腹の底から吠え　呻き　哄笑する

決着はついた
怒濤の万歳三唱が
天に向かって湧きあがる

これはどうしたことだ！
あの喧騒は夢だったのか
確かにこの場所だった
煌々と満月に照らされて
青光りする村道は
今　シンと静まりかえっている

拍子木

消防小屋が
ひっそりと
村道沿いに建っている
電信柱の裸電球が
黄色く地面を照らしている

二階の詰所に明りが灯り
陽気な声が洩れてくる
景気付けにと

御神酒をしこたま仕込んでいるのだ

男たちは　時が来ると
半纏《はんてん》を着こんで夜回りに出る
声を張り上げ
冬の夜道で
拍子木を打つ

粗末な家の連なり
路地の隅々に　乾いた音が届く

僕は　読み止《さ》しの
偉人伝を閉じ　眼を瞑る
眼裏奥に無限の闇が広がる

奈辺に兆す
美しき夢
溢れるおもい

屋根の上に
驚くほどの近さで星が瞬いている
囲炉裏の父は
燠火を埋めて立ち上がる

タマムシ

眠気を催すような
少年の日々

裏庭に
幽霊のように手を下げて
アシナガバチが群れていた
軒下や藪の中に
みすぼらしい巣を作った

小路には
ハンミョウがいた
灼けた地面に張り付き
尻を小刻みに上下させていた
近寄ると
等間隔を保って逃げた

ある日
廊下に座っていると
思いがけず　タマムシが飛来した
はばたく翅が
虹色に唸っていた

心にサッと

自由の風が吹き抜ける
疼くような　解放感の中で
少年は手を伸ばす

背後に　青い
空があった
どこかに連れて行ってくれそうな
空が
あった

旅芝居の少女

その少女は
ある日の朝の教室に
妖精《ニンフ》のように立っていた
旅芝居の座長の娘で
束の間の滞在ということだった
茱萸《ぐみ》のように寡黙で
綺麗な顔をしていた

転校を重ねたせいか

算数はあまり分からないようだった
先生に指されると
恥ずかしそうに俯いた
そのことを僕は
とても不憫に思った

ある日　連れ立って
彼女の芝居を見に行った
絣の着物に　花柄の帯を締めていた
両手で眼を覆って
泣いてばかりの役だった

ああ
あの祝祭のような日々！

教室は　彼女を巡って沸き立って
見知らぬ土地への憧れや
幼い恋心や　憐憫などの入り混じる
ワルプルギスの夜だった

僕と同い年の彼女
どこで　どうしているのだろう
あの翡翠のような瞳を
もう一度　見てみたいと思うのだ

遠景

小学校の校門は
とても高く見えた
御影石に埋め込まれた
銅の銘板が青く錆びていた
校門の向こうに
（今より遥か遠くに見えた）
木造校舎があった
瓦屋根が光を返し
その背後に

なだらかな稜線の山々が
あった

運動場を
真っ直ぐに行くと
正面玄関で　隣に校長室があった
窓ガラスがピカピカに磨かれて
中の様子がよく見えた
板壁に　厳めしい顔の写真が
ずらりと並んでいた

玄関をくぐると
用務員のおじさんが
笑って出迎えた

そして　得意げに
渡り廊下に吊るされた鐘を叩くのだ
すると　子どもたちは
声高に話しながら
一斉に　教室に向かうのだった

おや？
望遠鏡を
逆さに覗いたような
遠景の中で
こちらを　じっと見返す者がいる

訃報

冷え切った石段が
村神様へと続いている
登りつめた処に　社があって
荒れた敷地が広がっている
昔遊んだ広場だよ
一回り小さくなった景色の中に
あの頃の子どもたちの
賑やかな声が響いているようだ

おかっぱ頭の君は
赤い格子模様のスカートを翻し
とびきりの笑顔を見せて
ゴム跳び遊びに興じていた
その姿を　僕は横目で
そっと見ていた

こんなに低かったかなあ
社の板間のこの欄干は
ここから見える地面は　もっと柔らかで
枯葉やドングリが散らばっていた
夕陽は　もっと鮮やかで
子どもたちは　もっと饒舌で
優しい眼で空を見ていた

暮れ泥む山の上に
あの娘の瞳のような雲が
夕映えている

君の訃報を今日聞いた

岩

潮の引いた磯の岩場で
女たちが海草を採っている
売れば結構な金になる
稼いだ金は　病気の主を抱えた一家の
貴重な現金収入となったり
都会の大学へ行った子どもへの
仕送りとなった
小金を貯め込んで
嬉々としている婆さんもいる

それぞれの思いを胸に
女らは　器用に岩場を跳んで
海草を摘んだ

母も　幼い僕を連れて
よくここに来た
そして皆に交じって海草を採った
僕は波の届かない遠くから
母の姿を見つめていた

あの頃の女たちは　とうの昔に死んだ
今では　海草などに
目をくれる女はいない

ふと　潮風の中に
母の声が聞こえたような気がした
岩場に目を移すと
波で浸食された
人の座高ほどの高さの奇岩が
ニョキニョキと立っている
そうか
女たちは岩になったのか！

波の飛沫《しぶき》をあびて
女たちの　ひそひそ話が
果てしなく続いているようであった

Ⅲ

カンナ

生家の庭先に
カンナの株があった
風雨と泥に曝されて
野ネズミのような有様だった
冬場には　藪の中で萎れた

それでも　カンナは
時季が来ると　青々と伸び
どぎつく赤い　花を咲かせた

ときおり　母は
バケツに水を汲んで
株の根元にぶちまけていた

母の遺品に
家族写真があった
幼い子どもたちが写っていた
父は笑って　末っ子の
僕の肩に手を掛けていた
その横に　カンナの株があった

カンナの株は　いつも汚れて
カンナの株はいつでもそこにあった
父の葬儀の出棺の時

風に震える
カンナの株を　僕は見た

カンナの株は　綺麗じゃ無くて
気に留める者はない
それでもそれは
ヤモリのようなもので
樫の木の根っこのようなもので

カンナの株は
いつも汚れて　干乾びて
先祖のたまり場のようなもので

肖像画

奥座敷の
鴨居の肖像画は
いつでも僕の方を見た
明治の初期に生きた
曽祖父ということだった
道楽にうつつを抜かし
この地で権勢を揮っていた旧家を
没落させた張本人らしい
家紋の入った羽織を着こみ

口をへの字に結んでいた
奥座敷は　冷え冷えとして
黴臭い匂いがした
襖や松の欄間は煤ぼけて
この部屋だけは
往時のままのようだった

視線は
しつこく僕を追ってきた
横に逸れても
逃すものかと追ってきた

家系の樹

気弱で優柔不断な
それでいて　見果てぬ夢を追い求め
力の無い　無害な……

そうだ
お前もそうなのだ！
曽祖父が
ニヤリと笑って僕を見た

見果てぬ夢

白黒テレビを
父は食い入るように見つめていた
月着陸船　イーグル号の船長が
月に降り立つ瞬間だった

尋常小学校を卒業した父は
直ぐに大工となった
そして生涯をこの村で生きた
この時　脳裏に兆したのは

如何なる思いだったのだろう
嬉しそうに
僕の顔を見て笑った

それから数年の後
父は死んだ

あれから半世紀
飛躍的な進歩を遂げる筈であった
この人間の世は
大して良くなったとも思えない
人々の生活は相変わらず
些事に追われ
さしたる感動もない

それでも　父は
星降る高台の
土葬の墓地で
スプートニクの操縦席と
同じ程の広さの座棺の中で　膝を抱き
眼の前の　闇のパノラマの中に
見果てぬ夢を
見ていることだろう

挨拶

玄関の扉に
バッタがしがみついていた
捕まえて　その貌を見て笑った
死んだ義兄にそっくりなのだ

我が家の猫は
死んだ母に似ている
都会に就職した息子が
拾ってきたものだった

巡り巡って　田舎の我が家にやってきた
母は僕と一緒に暮らしたがっていた
うまいこと猫になって潜り込んだ母は
シメシメと思っているに違いない
見慣れた眼差しで
僕の動きを
じっと窺っていることがある

あ！　塀の上から
ぶち猫が家の中を覗いている
こちらは豪快だった伯父に瓜二つ
いよっ！　と
呼びかけてきそうな気色《きしょく》である

今日は
盆の入り
なつかしい者どもが
様々に姿を変えて
挨拶にくる

花飾り

公園の長椅子に
お婆さんが座っている
その眼の高さに
それは見事な藤の花房が
簪《かんざし》のように下がっているのだ

傍には
節くれだった古木が
捩じれた蔓を

老いさらばえた龍の四肢のように
藤棚に伸ばしている

お婆さんが
疲れたように　空を見る
横並びに垂れた花房は
勝者を讃える
花飾りのようだ

—よく生き抜いてきたねえ！
花が語り掛ける
お婆さんの眼が潤む
—よく生きてきた　お前もね！

二つのものは
ひっそりと
初夏の若葉の下に
蹲っていた

逃げ水

炎天下の昼下がり
学校帰りの村道に
逃げ水があった
陽炎のようなその危うさは
少年の心を妖しく捉えた

ランドセルを背負った少年は
逃げ水めがけて歩み寄る
その分　それは遠ざかり

からかうように彼を誘う
少年は暫し立ち止まり
そして再び追いかける

少年は
どこまで追いかけたのか
この地平を超えて
銀河の果てまで行ったのか！

やがて少年は
年老いて
すっかり草臥れて
帰ってきた

彼はもう　追いかけはしない
しかし依然としてそれは
眼前にある
きらめく虹のように

青春

友の下宿で
酔いつぶれたようだった
気が付いたら
夜明け前の商店街に立っていた
アーケードの蛍光灯が
明々と舗石を照らしていた
酔いざめの不快感の中で
僕は煙草に火をつけた
頭が石油ランプのように燻っていた

革命やら　人生やら　恋愛やら
議論のあとのほてりが
体中に残っていた

シャッターを背に
ホームレスの老人が
虚ろな眼をして座っていた
そのうな垂れた姿に
僕は　泣きたいような感激に捉われた
この老人は　どうして
立ち上がらないのか
歓喜の歌を歌わないのか
どういう訳で　襤褸布のように蹲り
怯えた眼をしているのだろう！

どうして　この世には
不幸な人々がいるのだろう

心が燃えるように疼いていた
僕は心底寂しくて
明けの舗道に立っていた

邂逅

今では通る人も無い
八丁坂の登り口に立った
苔むした石段が　遥か上まで続いている
杉の巨木が　陽を遮ぎり
時の澱んだ空気の中に
かつて　この石段を行き来した
無数の人々の気配がする

見上げていると

少年の日々が蘇ってきた
大晦日の夜　子どもたちは
連れ立って　初詣に出かけた
裸電球で照らされた石段は　人で溢れ
所どころで焚かれた篝火《かがりび》に
人々が　手を翳していた

僕らは元旦という
特別なこの日に　心は昂って
白い息を吐きながら
ひたすらに
登っていった

ふと

一人の子どもが振り返り
石段を見上げる
白髪頭の私の眼と合った
おお　少年の日の僕ではないか！
何と清々しい眼をしている

そうだ　教えてやろう
お前は時を経て
今日のこの日に
この石段で　私と出会うのだ
すっかり草臥れて
物悲しい思いを抱いて
石段の　この下に立つのだ

あとがき

「吹毛井」とは、私の生まれ育った集落の名前である。その意味深な字の羅列は、少年の頃から、尽きせぬ興味と愛着を掻き立ててきた。

そして、いまだに私は「吹毛井」の呪縛から逃れることができないでいる。詩を書こうとすると、煌く海や、潮風や、雑木林などのあの侘しい風景が蘇ってくる。また、もう死んでしまった、陽気な酔っ払いや、信心深い老婆や、気風の良い大工たちが、じっとこちらを見返してくる。

第一詩集『松山ん窪』を上梓した後、私はこの呪縛から逃れたいと思い、様々な詩の素材を求め、新たな表現を試みた。しかし無駄であった。結局私の思いも詩も、少年時代の「吹毛井」の中に帰っていく。その意味で本詩集は、第一詩集の続編と捉えていただいて結構である。

私はもう、無理をしてこの世界から脱却しようとは思わない。逆にどっぷりと浸かることによって、新たな境地が拓けるであろうことを信じている。そしてその世界こそ、本物の詩の出発点となるのかもしれない。

最後に本詩集を上梓するにあたって、お世話になった方々に心から感謝申し上げたい。

二〇一九年九月

後藤光治

著者略歴
後藤光治（ごとう・こうじ）

1952年　宮崎県日南市生まれ

2018年　第一詩集『松山ん窪』

所属誌　「龍舌蘭」
所　属　「日本現代詩人会」「詩人会議」

現住所　〒880-0013　宮崎県宮崎市松橋1丁目3-16

詩集　吹毛井《ふけい》

発　行　二〇一九年十月二十日

著　者　後藤光治
装　丁　直井和夫
発行者　高木祐子
発行所　土曜美術社出版販売
〒162-0813　東京都新宿区東五軒町三—一〇
電　話　〇三—五二二九—〇七三〇
FAX　〇三—五二二九—〇七三二
振　替　〇〇一六〇—九—七五六九〇九

印刷・製本　モリモト印刷

ISBN978-4-8120-2540-6　C0092